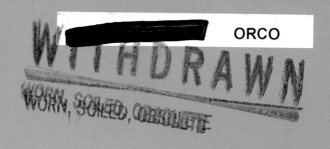

© 2008, Editorial Corimbo por la edición en español
Av. Pla del Vent 56, 08970 Sant Joan Despí, Barcelona
e-mail: corimbo@corimbo.es
www.corimbo.es
Traducción al español de Rafael Ros
1ª edición mayo 2009
© 1993, l'école des loisirs, París
Título de la edición original: « Une nuit, un chat… »
Impreso en China
ISBN: 978-84-8470-316-7

Yvan Pommaux

Una noche, un gato…

Corimbo

Groucho pasa todas las noches tranquilamente en su cama.
Pero esta noche, empujado por una fuerza misteriosa...

... Groucho cruza el tragaluz y sale, solo.

Sus padres se alarman.

Está ahí, le oigo, sale.

Sí, querida, ya lo veo. Es la primera vez.

Todos los padres gato esperan con angustia esta noche : la noche en que sus hijos salen solos por primera vez.

¿No corre el riesgo de perderse, el pobre pequeño?
¿De caerse desde un tejado, o en un agujero?
O peor, hay una enorme rata de cloaca merodeando
por el barrio que ya ha devorado a un montón de gatos...

En casa de los gatos existe una ley, una regla de oro:
Cuando un gatito sale por primera vez solo, de noche,
sus padres le dejan hacer. Prohibirle salir esa noche
sería un deshonor.

¡Pero podrías seguirle sin que te viera!

La noche es tranquila. Todo está cerca, próximo.
De noche, puede pasar cualquier cosa.

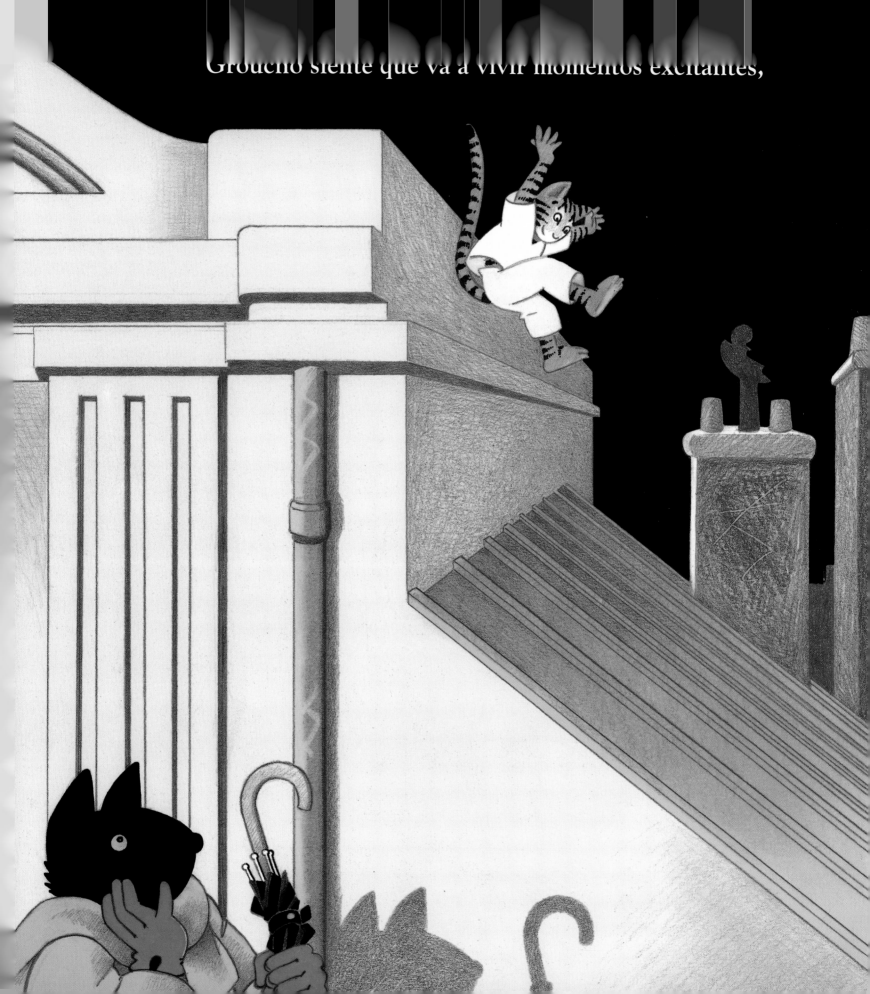

Groucho siente que va a vivir momentos excitantes,

momentos deliciosos,

vertiginosos y maravillosos.

De noche,
los gatos duermen,
leen, se acarician,
pasean…

se van de fiesta.

De noche…

... Groucho constata que todos los gatos son pardos.

De repente, grandes y extrañas sombras le rodean.

Algunas veces,
la noche juega a dar
una sombra terrorífica
a un ser inofensivo.

Otras veces es más divertida…
Me llamo Groucho
y yo Kity
¡ Es la primera vez que salgo solo !
¡Yo también !

Huir, huir a la carrera es la única salida.

Pero la lucha es desigual.

Por suerte, la rata tropieza.

Se da un porrazo contra el suelo.

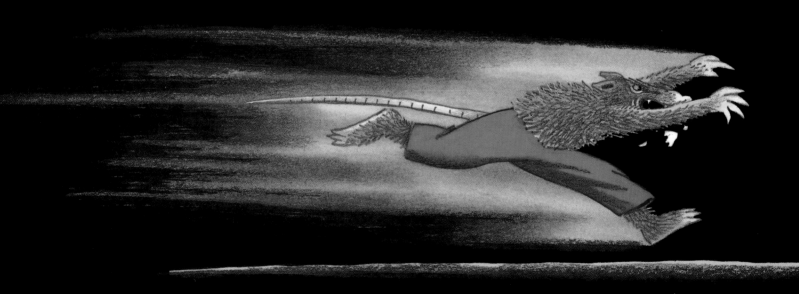

Pero se levanta rápidamente y, echando espuma por la boca,

reemprende la persecución.

OBRAS

—En el último momento —le dice Groucho a Kity— tú pasarás por la derecha del agujero y yo por la izquierda.

¡Dicho y hecho! En cuanto a la rata…
¡La rata? ¿Qué rata? ¡Ya no hay rata!

Es astuto,
mi hijo.

—¡Qué noche tan fantástica! —dice
Kity, pero añade—: Ahora hay que
volver.
En efecto, los gatos vuelven siempre
antes del alba.

Groucho descubre en este momento
que acompañar a su casa a una amiga
le hace feliz.

Groucho y Kity quedan para otro día y se separan.
Groucho, con el corazón latiéndole con fuerza,
regresa a su tejado.

—¡Hijo mío! —dice su madre.
—¡Hijo! —dice su padre.
—¿Va todo bien, cariño?
—¡Claro que sí!
—¿No te has roto nada?
—¡Claro que no!
—¿No te ha pasado nada?
—No, mamá…

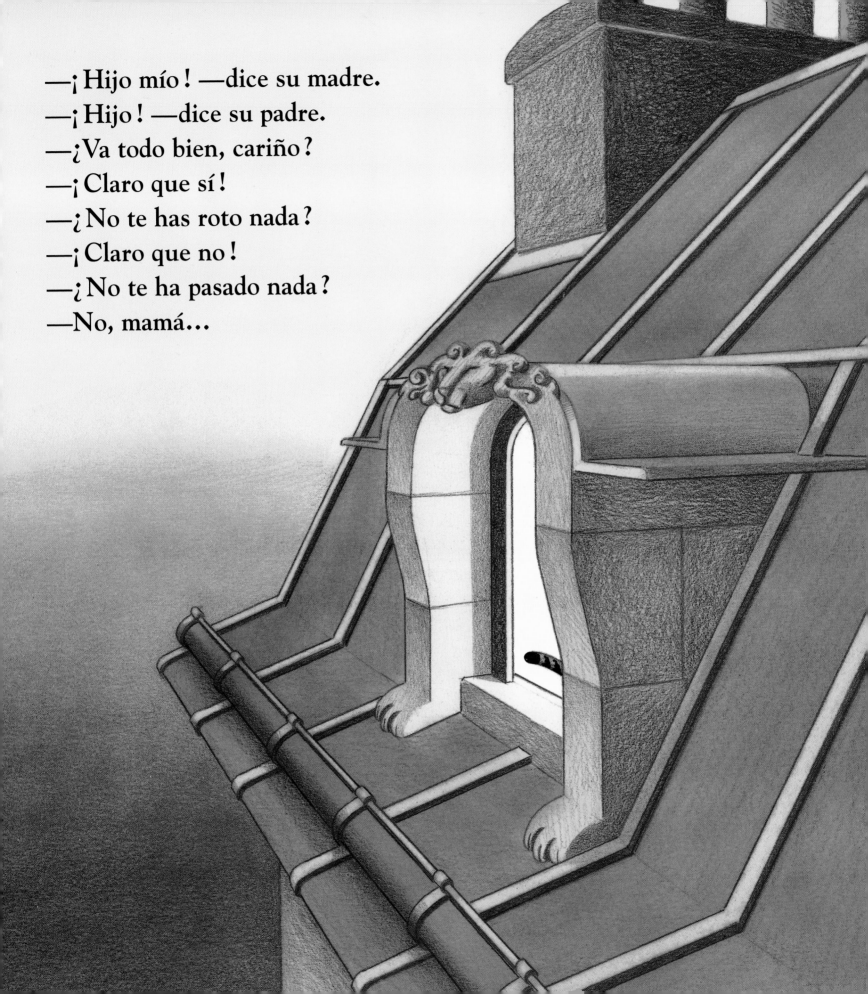